LE SATYRIQVE de la Court.

M. DC. XXIIII.

LE SATYRIQVE DE LA COVRT.

VN iour que mon humeur me rendoit solitaire,
Tout pensif & songeard, contre mon ordinaire,
Pour m'esgayer vn peu & pour passer le temps
Je me deliberay d'aller ioüer aux champs:
Mais comme ie sortois des portes de la ville,
Je regarde venir deuers moy vne fille,
Toute nuë de corps, de qui les cheueux blonds
Voletans, descendoient iusques sur ses tallons,
Changeante à tout moment la couleur de sa face.
Et toutesfois tousiours auoit fort bonne grace,
Dans vne de ces mains elle auoit vn cizeau,
Et dans l'autre portoit vn taffetas fort beau,
Afin de s'en vestir: mais pour estre plus belle
Elle sembloit chercher vne forme nouuelle.
En fin comme ie vis qu'elle approchoit de moy,
Je luy dis, tout surprins de merueille & d'esmoy,
A voir vostre façon & vostre beau visage,
Je croy que vous soyez de diuin parentage,
Vos yeux monstrent assez vostre diuinité,
Et que vous ne tenez rien de l'humanité:

Mais sans passer le iour à plus long temps m'enquerre,
Si vous estes des Cieux ou fille de la Terre,
Au nom de Iupiter dittes moy vostre nom,
Que ie face par tout voler vostre renom :
Elle iettant sur moy vne œillade diuine,
Tire ce long discours du fonds de sa poitrine.

Ie ne desire pas me faire des autels
Ie ne suis que par trop cognuë des mortels,
Ie ne te cherche pas pour me faire paroistre,
Ma force & ma vertu me font assez cognoistre,
Toutesfois ie veux bien, puis que c'est ton plaisir,
Te disant qui ie suis, contenter ton desir :
Ie suis (comme tu dis) de la diuine essence,
Mere du changement, & fille d'Inconstance,
Iupin, Mars, Appollon, & le reste des Dieux
Qui ont commandement dedans l'enclos des Cieux,
N'ont pas tant de pouuoir en ceste terre ronde
Certainement, qu'en a mon humeur vagabonde,
Ie fais tous les humains sous mes loix se ranger
Mais les François premiers qui ayment le changer;
Les François qui leur nom ont rendu redoutable
Dedans tous les cantons de la terre habitable,
Viennent s'assubietir à mon commandement,
Aimans comme ie fais beaucoup le changement,
En leur langue commune ils me nomment la Mode ;
Car ainsi que ie veux les hommes i'accommode,

Ie leur ay fait porter, pour commencer au corps,
La moustache pendante & les cheueux retors,
La France en ce temps-là s'estant accoustumée
Aux façons des bourgeois de la terre Idumée,
Apres i'ay faict couper ces cheueux qui pendoient
Et iusques au milieu de leur dos descendoient,
Et auec le trenchant mis bas leur cheueleure,
Qui peu auparauant leur seruoit de parure:
Mille fois i'ay changé le blondissant coton
Que l'Auril de leurs ans leur fait croistre au menton,
Fait leur barbe tantost longue, tantost fourchuë,
Tantost large, à present on prise la pointuë,
C'est celle maintenant dont plus de cas on fait,
Qui ne la porte ainsi n'est pas homme bien fait,
Non plus que l'on ne peut estre de bonne grace,
Si l'on n'a aux sourcils releué la moustasse,
Moustasse qu'on auoit iadis accoustumé
Porter rase, qui lors vouloit estre estimé:
Mais venons aux habits desquels leur corps ie couure
Où mon authorité encor mieux se descouure,
Quelle nouuelleté n'ont souffert les chappeaux,
Combien leur ay-ie fait de changemens nouueaux?
Ie leur ay fait donner la façon Albanoise,
Qui a pour quelque temps eu le nom de Françoise,
Puis ie les ay fait plats auec vn large bord,
Ceste façon plaisoit aussi bien à l'abord:

Mais elle a maintenant perdu toute sa grace,
On n'en fait plus d'estat vne autre a prins sa place,
Qui a la teste ronde auec les bords estroits,
Et semble mieux Turban que chappeau de François.
Et comme le chappeau de façon renouuelle
Fais-ie pas au cordon vne forme nouuelle?
Ne l'ay-ie pas fait gros & puis apres petit,
Tantost plat, tantost rond, selon mon appetit,
Ie serois trop long temps si ie voulois te dire
Combien ie fais par là ma puissance reluire,
Depuis deux ou trois ans seulement les cordons
Ayans plus de vingt fois rechangé de façons,
Ie leur ay pour vn temps mis des boucles dorées
Personne n'en a plus on les a retirees,
Ie les fais maintenant moitié d'vn crespe fin
Bouffant en quatre plis & moitié de satin:
Nagueres l'on n'osoit banter les Damoiselles
Que l'on n'eust le colet bien garny de dentelles,
Maintenant on se rit & moque de ceux-la
Qui desirent encor paroistre auec cela,
Les fraizes & colets à bord sont en vsage,
Sans faire mention de tout ce dentellage,
I'obserue tout le mesme à l'endroit des rebras
Lesquels i'ay fait porter tantost haut tantost bas,
Tantost pleins de dentelle, & quand ie veux i'y prise
Auec le point couppé l'ouurage de Venise.

Mais ces braues rebras ont perdu leurs beautez,
Ceux à bords maintenant sont les plus vsitez,
A leurs pourpoints ie fais tousiours nouuelle forme,
Ce qui plaisoit hier auiourd'huy est difformé,
Ie les ay fait porter larges, longs, courts, estroits,
Ie les ay fait changer de colet mille fois,
Tantost façon de dents, maintenant de rondace,
La nouuelle tousiours est de meilleure grace,
I'ay fait les aillerons larges d'vn demy pié,
Mesmes souuent pendans du bras iusqu'a moitié,
Pour vn temps l'esguillette y a esté prisée,
Qui maintenant n'y sert de rien que de risee,
Les aillerons estroits sont les plus estimez,
Les busques ne sont plus comme iadis aymez,
Auec quoy l'on auoit accoustumé paroistre
Les plus estroits pourpoints sont ceux qui sont en estre,
I'ay auec le trenchant découppé leur satin,
Pour monstrer le taftas bleu ou incarnadin,
Qu'ils font mettre dessous ceste large taillure
Qui est à vray parler vanité toute pure:
Encor cela est-il peu prisé si l'on n'a
Le satin verd aux gands, ou velours incarna,
Ou bien de franges d'or vne paire bordée
Qui porte sur le bras vne demy coudee,
Pour se ceindre l'on a quitté le taffetas,
Personne maintenant n'en fait guere de cas,

Si ce n'est vn qui porte vne longue sutenne
Qui soit ou de damas, ou de velours de Genne:
Car les ceinturons seuls maintenant sont receus,
Qui sont en broderie ou de soye tissus:
Ie ne pense non plus que maintenant on puisse
Paroistre auec la chausse estroitte, ou à la Suisse,
Ou bien toute bouffante à l'entour de gros plis
De crains sous la doublure, ou de coton remplis,
Aussi c'est estre fol que de penser paroistre
Vestu d'vne façon qui a perdu son estre,
Il faut s'accommoder ainsi comme l'on fait,
Refaire ses habits comme l'on les refait,
Changer d'accoustremens aussi tost que i'allume
Dans les cœurs le desir de changer de coustume:
Car qui porte la chausse, encor que de velours,
Qui n'est froncee en haut & dessus les genoux,
Qui n'a de gros boutons aux costez vne voye,
Ou de rang cinq ou six grands passemens de soye,
Appreste grand subiect de rire à haute voix
A ceux qui vont suiuant mes inconstantes loix;
On le monstre du doigt, quand mesmes en science
Il seroit estimé des premiers de la France,
Ainsi qu'vn qui voudroit en la sale d'vn grand
Auec vn bas de drap tenir le premier rang,
Ou bien qui oseroit auec vn bas d'estame
En quelque bal public caresser vne Dame,

Car

Car il faut maintenant, qui veut se faire voir
Aux iambes aussi bien qu'ailleurs, la soye auoir,
Et de large taftas la iartiere parée
Aux bouts de demy pied de dentelle dorée,
N'auoir pas les souliers camus comme autrefois
N'y plats à la façon des lourdauts villageois,
Il les faut façonner d'vne iuste mesure
Le talon esleué & pleins de decouppure,
Qui les porte autrement il entendra tout haut
Que quelque Courtisan l'appellera maraut,
Comme qui trop hardy voudroit hanter le Louure
N'ayant pas sur le pied vne rose qui couure,
La moitiè du soulier, ou qui en porte encor
Qu'il n'y ait à l'entour de la dentelle d'or:
Mais quiconque d'honneur desireux a enuie
Au modelle de Court de conformer sa vie,
Il ne faut pas tousiours estre chaussé ainsi
Il faut qu'il ait souuent la botte de Roussy,
Et l'esperon aux pieds encore qu'il ne pense
Que de passer le iour à l'entour d'vne dense,
Qu'il ait tousiours le dos d'vne escharpe couuert
De taftas de couleur incarnat, bleu & vert,
Ou d'autre qu'il verra plus propre à sa vesture
Aux deux bords enrichy d'or ou bien d'argenture,
Qui pende pour le moins sur le manteau d'vn pié,
Et couure du colet vne grande moitié,

Qu'il ait sur le costé pendant vn cimeterre,
Comme portoient iadis les Perses à la guerre,
Court, mais de bonne trempe, inutil toutesfois
Aux batailles que font maintenant les François,
La garde faite en croix ou en forme aquiline,
Toute luisante d'or ou d'esmail toute pleine,
Qu'il ait le manteau court car d'en porter de longs
Comme anciennement, qui battent les talons,
L'vsage en est perdu, si ce n'est quelque Prestre
Sage en Theologie ou qui soit és Arts maistre,
Ou quelque Conseiller ou quelque President,
Ou vn qui s'enrichit au Palais en plaidant:
Car sans risquer l'honneur ceste Mode est permise
Aux hommes seulement de Iustice ou d'Eglise,
Qui ne vont pas s'ils n'ont la sutenne dessous
Qui leur pende beaucoup plus bas que les genous;
Qu'il l'ait dis-ie si court que sa longueur ne puisse
Que couurir tout au plus la moitié de la cuisse,
Doublé tout à l'entour d'vn velours cramoisy
Ou d'autre qu'il aura chez vn marchand choisy:
Car par trop à present du taftas on abuse
Et chacun pour doublure à son manteau en vse.
Le bourgeois cy deuant allant à vn festin
Auoit sur le manteau deux bandes de satin:
Mais maintenant il faut s'il veut estre honneste homme
L'auoir plein de taftas comme le Gentilhomme,

Pourquoy d'hanter la Cour qui faict profession,
Que l'on ne voit iamais manquer d'inuention,
Pour passer en beauté d'habits la populace,
Qui veut des Courtisans tousiours suiure la trace,
Il luy faut le velours & sur nostre orizon
Quand reuient à son tour l'estiuale saison,
Il luy faut pour seruir de legere vesture,
De simple taftas vn manteau sans doublure,
Et s'il est quelque fois de chasser desireux
Le Cerf viste courant, ou le Lieure peureux,
Ou bien le Loup terreur dc la rustique race
L'escarlatte est l'habit ordinaire de chasse,
Aucunefois de Court, pourueu qu'il soit paré
De trois ou quatre rangs de passement doré:
Mais mon pouuoir s'estend encor plus sur les femmes,
Soit bourgeoises ou bien damoiselles ou dames,
C'est moy seule qui fais leur tresses & cheueux
Noüez, poudrez, frisez, ainsi comme ie veux,
Vne dame ne peut iamais estre prisee,
Si sa perruque n'est mignonement frizee,
Si elle n'a son chef de poudre parfumé
Et vn millier de nœuds qui ça qui la semé,
Par quatre cinq ou six rangs ou bien d'auantage,
Comme sa cheuelure a plus ou moins d'estage,
Et qui n'a les cheueux aussi longs qu'il les faut
Elle peut aisement reparer ce deffaut

Il ne faut qu'acheter vne perruque neuue
Qui a dequoy payer facilement en treuue :
Mais c'est là la façon des dames le soucy
Des bourgeoises n'est pas de se coiffer ainsi,
Leur soin est de chercher vn velours par figure
Ou vn velours rasé qui serue de doublure,
Aux chaperons de drapt que tousiours elles ont
Et de bien ageancer le moule sur le front
Luy face aux deux costez de mesure pareille
Leuer la cheuelure au dessus de l'oreille,
Aux dames ie fais cas d'vn visage fardé
A la Court auiourd'huy c'est le plus regardé :
Car quand bien elle auroit vne fort belle face
Si elle n'est fardée elle n'a pas de grace,
Et principalement le doit-elle estre alors
Que la ride commence à luy siller le corps,
Et que de iour en iour vne blanche argenture
Va se peslemeslant dedans sa cheuelure :
Car c'est à lors qu'il faut faire mentir le temps
Pour se faire honnrrer comme en ses ieunes ans,
C'est lors qu'il est besoin se seruir d'areifices
Afin de rabiller les ordinaires vices
Que la triste vieillesse ameine pour recors
Aussi tost qu'elle vient se saisir de nos corps,
Aussi faut-il durant le temps de son ieune aage
Soigneusement garder le teint de son visage,

Il faut tousiours auoir le masque sur les yeux
De peur que peu à peu le clair flambeau des Cieux,
De ses raits eslancez ne bazanne sa face
Ou de la femme gist la principalle grace:
Car ny les longs cheueux de son chef blondissant
Ny de son large sein le tetin bondissant,
Ny les luisans esclairs de sa plaisante veuë
Ny son gentil maintien, ny sa forme menuë,
Ne peuuent pas la rendre excellente en beauté
Si elle a sur le front de la difformité,
Mais ie veux maintenant te dire en quelle sorte
Vne galante femme en habits se comporte,
Il luy faut des carquans, chaisnes & bracelets
Diamans, affiquets & montans de colets,
Pour charger vn mulet, & voires dauantage
Dont on pourroit auoir aisément vn village,
Et telle bien souuent porte ces ornemens
Qui n'aura pas cinq sols de rente tous les ans,
Encor cela est-il aux dames tolerable
Mais la bourgeoise fait maintenant le semblable
Qui ose bien porter des diamans au doigt
Qui cousteront cent francs que peut-estre elle doit,
Et ayme mieux payer tous les ans vne rente
Que n'auoir pas au col vne chaisne pendante,
Qu'elle achetera plus beaucoup que ne vaut pas
Ce que luy a laissé son pere à son trespas,

Encore n'est-ce rien si elle n'a sur elle
Coliers & bracelets comme la damoiselle :
Et ne porte cent-mille autre tels ornemens
Toy mesme tu peux bien cognoistre si ie mens,
Qui ne sont en effect qu'vne vaine despence
Qui donne clairement preuue de ma puissance :
Et quand bien elle aura cela, ce n'est pas tout,
Sa vaine ambition n'est pas encor au bout,
Il luy faut des rabas de la sorte que celles
Qui sont de cinq ou six villages damoiselles,
Cinq colets de dentelle haute de demy pied
L'vn sur l'autre montez qui ne vont qu'à moitié
De celuy de dessus : car elle n'est pas leste
Si le premier ne passe vne paulme la teste,
Elle a pour ses rabas les fraizes eschangé
Dont elle auoit iadis tousiours le col chargé,
Quand elle desiroit auoir belle apparence
Ou à quelque festin ou bien à quelque dance,
Et lors il n'y auoit que celles qui estoient
D'vne condition honneste qui portoient
Deux colets ioincts ensemble auec doubles dentelles
Et les estimoit-on à demy damoiselles,
L'on ne parloit à lors sinon de celles-là
Qui auoient à lentour du col ces colets-là,
Les voila maintenant laissez aux artisannes
Et ie croy que bien tost aux pauures paysannes

La volonté viendra de s'en seruir aussi
Et d'en couurir leur col de halle tout noircy,
La femme du bourgeois qui aime l'inconstance
Pour le moins tout autant que la dame de France,
Pour se couurir le sein la façon a appris
D'vser de points couppez ou ouurages de pris,
Et non d'auoir le haut de la robe fermée
Comme elle auoit iadis de faire accoustumée,
Et comme font encor beaucoup de nations,
Ou ie ne fais pas tant qu'icy d'inuentions:
Mais les dames au moins pour la plus part n'ont cure
D'auoir en cest endroit aucune couuerture,
Elles aiment bien mieux auoir le sein ouuert
Et plus de la moitié du tetin descouuert,
Elles aiment bien mieux de leur blanche poitrine
Faire paroistre à nud la candeur albastrine,
D'où elles tirent plus de traicts luxurieux
Cent & cent milles fois qu'elles ne font des yeux
Des rebras enrichis d'vne haute dentelle
La bourgeoise s'en sert comme la damoiselle
Mais ceux qui ne vont point iusqu'à moitié du bras
De la dame de Court bien venus ne sont pas,
Aux robes le taftas a perdu son vsage
Enuers celles qui sont de noble parentage,
Il leur faut le satin ou velours figuré
Autour des aislerons force bouton doré,

La manche detaillée à graade chiquetade,
Le taftas seulement sert dessous de parade,
Voïres le plus souuent les robes de satin
Qui sont de couleur rouge ou bien d'incarnadin,
Des damoiselles sont les plus cheres tenuës
Et dont iournellement on les voit reuestuës,
La robe de taftas a prins d'ailleurs son cours
La bourgeoise s'en sert maintenant tous les iours
Encore quand il est question d'estre leste
A quelque mariage, ou bien à quelque feste,
Elle ose bien porter la robe de damas,
Qui pour se faire voir n'agueres n'auoit pas,
Rien quc robes de draps, ou bien robes de sarges,
Auec queuë par bas pendante & manches larges:
Car aux robes alors hautes manches portoient,
Seulement celles qui de noble race estoient,
Mesmes lors le burail estoit tres-rare chose,
Et le Turc camelot dont la bourgeoise n'ose,
En faire maintenant sa robe seulement,
Qui de son coffre soit le pire habillement,
Le grand vertugadin est commun aux Françoises,
Dont vsent maintenant librement les bourgeoises,
Tout de mesme que font les dames, si ce n'est,
Qu'auec vn plus petit la bourgeoise paroist:
Car vne dame n'est pas bien accommodee,
Si son vertugadin n'est large vne coudee,

Les

Les cottes de taffetas ont beaucoup de credit,
La bourgeoise s'en sert sans aucun cõtredit,
Aussi communémẽt qu'elle faisoit naguere,
De drap & camelot son estoffe ordinaire:
Car iadis celles qui damoiselles n'estoient,
Aux cottes ny tafetas, ny damas ne portoiẽt,
Le burail estoit lors l'estoffe plus commune,
A celles qui auoient à leur gré la fortune:
Mais desia quand ie dis commune, ie n'entẽds
Dire l'estoffe dont elle vsoit en tout temps,
Non ce n'est pas ainsi cõme ie le veux prendre,
C'est mon intention autrement de l'entẽdre,
Ie dis les cotillons qui plus en vogue estoient,
Et lesquels seulemẽt les plus riches portoiẽt,
Au lieu du taffetas dont à present chacune,
Soit qu'elle ait fauorable ou contraire fortune,
Orgueilleuse se sert, enrichy brauement,
A lentour de six rangs de large passement,
Voires mais du damas que i'auois en mon
ame C

Designé de garder pour l'habit de la dame,
Qui est contrainte auoir la robe de velours,
Et d'autres de damas & de taftas dessous,
Des bourgeoises en ce seulemẽt dissemblable
Iaçoit biẽ qu'elle porte vne estoffe semblable,
Pour vne cotte qu'a la femme du bourgeois,
La dame en a sur soy l'vne sur l'autre trois,
Que toutes elles fait esgalement paroistre,
Et par là se fait plus que bourgeoise cognoi-
stre,
A leurs bas l'vne & l'autre aime fort l'in-
carna,
La bourgeoise l'estame, & si la dame n'a
Sur les iambes la soye, elle n'est pas paree,
Bien qu'au reste elle fust richemẽt accoustree
Les bourgeoises non plus que les dames ne
vont,
Nulle part maintenant qu'auec souliers à
pont,
Qui aye aux deux costez vne longue ouuer-
ture,

Pour faire voir leurs bas, & deſſus pour parure,
Vn beau cordon de ſoye en nœuds d'amour lié,
Qui couure du ſoulier preſques vne moitié,
Tout ordinairemẽt prennẽt les damoiſelles,
L'écharpe de taftas pour paroiſtre plus belles,
La bourgeoiſe s'en ſert tant ſeulement aux champs,
Soit Hiuer, ſoit Eſté, ſoit Automne ou Primtemps,
Meſmes quand elle va dedans quelque village,
D'vn maſque elle oſe bien ſe couurir le viſage:
Mais que fai-ie? i'oublie à dire le plus beau,
Mets-ie pas ſur le dos des dames le mãteau,
Tout fourré par dedãs quãd la froide gelee,
Arreſte les ſillons de la liqueur ſalee?
Ne fay-ie pas auſſi les enfans des bourgeois

Außi braues que ceux des Princes & des
Rois?
Chargez de carquans d'or, & autour de
leurs testes,
Pleins d'ornemens perleux qu'ils nomment
serre-testes,
Auec accoustremens du moins de taffetas,
Bien souuẽt de velours ou d'vn riche damas,
Leur fay-ie pas tousiours pendre au bas des
aureilles,
Quelques perles de prix ou bien choses pa-
reilles?
La chaisne d'or au col, aux mains les brace-
lets,
Au doigt les diamans, au front les affiquets,
Et autres tels fatras qui valent dauantage,
Que tout le reuenu du bien de leur mesnage:
Mais ie ne monstre pas seulemẽt ma vertu,
Aux façons des habits dont on est reuestu,
C'est moy seule qui fais desguiser leur parole
On a beau consommer tout son temps à
l'escolle,

Il faut quicõque veut estre mignõ de Court,
Gouuerner son lãgage à la mode qui court,
Qui ne prononce pas il diset, chouse, vãdre,
Parest, contantemans, fut-il vn Alexãdre,
S'il hante quelquefois auec vn Courtisan,
Sans doute qu'on dira que c'est vn paysan,
Et qui veut se seruir du François ordinaire,
Quand il voudra parler sera contraint se taire:
Qui peut trouuer vn mot qui n'est pas vsité,
Est attentiuement de chacun escouté,
Et celuy qui peut mieux desguiser son langage,
Est auiourd'huy par tout estimé le plus sage
Encore qu'il ne soit autre qu'vn ieune sot,
Qui de Latin ny Grec n'ait veu iamais vn mot,
Qui n'ait iamais rien fait que tenir des requestes,
Hanter les cabarets & faire forces debtes,
Et si quelqu'vn pronõce ainsi cõme il escript

Quād de Frāce il ſeroit le plus galād eſprit,
Qui auroit employé ſa ieuneſſe à apprēdre,
Sans s'exercer à rien dont on l'ait peu reprendre,
Il ſera bafoüé de quelque ieune veau,
Qui ne priſera rien que ce qui eſt nouueau:
Bref il faut obſeruer qui veut paroiſtre en France,
Au parler außi bien qu'aux habits l'inconſtance:
Mais pendāt que ie vay diſcourāt auec toy,
La Court pour mon abſence eſt en vn grand eſmoy,
A Dieu ie m'en vay voir s'il faut que ie reforme,
Quelque choſe aux habits qui paroiſſe diforme,
Ie voy les Courtiſans deſia las de porter
Les façons que ie viens de te repreſenter,
Les paſſemens dorez reuiendrōt en lumiere,
Ie m'en vay les remettre en leur vogue premiere,

Les marchands se faschoient de voir si longuement
Demeurer dans leur coffre vn si beau passement,
Il faut les contenter & que ceste richesse
Serue de parement à toute la noblesse.
Si tost que ceste Dame eust cessé de parler
Soudain s'esuanouit comme fait vn esclair,
Et moy tout estonné plus long temps ne seiourne:
Mais dedans ma maison soudain ie m'en retourne,
Iugeant bien à par moy que c'estoit verité,
De ce qu'elle m'auoit iusqu'icy recité.

PASQVIL DE LA COVRT pour apprendre à discourir.

A Vous Dames & Damoiselles,
Qui desirez passer pour belles:
Et que sur vous on ait les yeux,

Comme dessus des demy Dieux,
Si vous voulez quoy que l'on gronde,
Apprendre le Trictrac du monde,
Et y viure morallement,
Sans fausser Loy ne Parlement,
C'est pour discourir à la Mode,
Sans le Digeste & sans le Code.
Et puis quand vous sçaurez parler,
Pour proprement vous habiller,
C'est vne façon tres-nouuelle,
Apportée de la Rochelle,
Et Reformée plusieurs fois,
Par la Marquise de Vallois,
A vous seul ie la dedie,
Auec mon cœur & ma vie,
Vous la verrez par cest escrit,
Digne de vostre bel esprit,
Lisez le d'aussi bon courage,
Que ie le vous rends pour hommage,
Il faut donc en premier lieu,
Apprendre à bien parler de Dieu,

Et bien que l'on n'y sçache notte,
Si faut-il faire la deuoste,
Porter le Cordon sainct François,
Communier à chasque Mois,
Admirer tout, tout veoir, tout faire,
Aller à Vespre à l'Oratoire,
Sçauoir où sont les Stations,
Que c'est que Meditation,
Visiter l'Ordre saincte Vrsule,
Cognoistre le pere Berulle,
Luy parler de Deuotion,
Des sœurs de l'Incarnation,
Participer à son extase,
Aller voir le pere Athanase,
La Marquise de Menelé,
Ieusner en temps de Iubilé,
Sçauoir où sont les quarante heures,
A la Moderne auoir les heures,
Ne veoir aucun sans controller,
Ses mœurs sa façon son parler,
Se reseruer pour sa conduicte,

Pere Chaillou, vn Iesuiste,
Aller conferer auec eux,
Chasque iournée vne heure ou deux,
Auoir des tantes & cousines,
Dans le Conuent des Carmelines,
Pour aller ioüer en Esté,
Veoir Madame de Breauté,
Amasser force grains de Rome,
Auoir veu de pres le sainct homme,
Garder de sa robbe vn morceau,
Pour enchasser en vn Tableau,
Parler des cas de consciences,
Selon qu'on voit les occurrances,
Appeller tousiours à garand,
Arnoux, Granger & Seguerand,
Raconis, le petit Minime,
Discourir vn peu de la rothine,
Et si l'esprit n'est trop fasché,
Songer aux amours de Psiché,
Mettre vn petit de sa science,
A bien faire la reuerance,

A la Bocane & la Dupont,
Ainsi que les autres la font.
Et puis pour ornement de teste,
Fußiez vous vne grosse beste,
Il faut faire tenir l'Iris,
Sur le poil noir, ou sur le gris,
Et pour cela sur la toilette,
Auoir tousiours la boistelette,
Plaine de goume de Iasmin,
Visiter Madame Gamin,
Auec la coiffe bessee,
La veuë demie renuersee,
Vous fourer dans son amitié,
Entendre d'elle auec pitié,
Et croire que la Romanesque,
Le corps mort du Comte de Fiesque,
Peux rendre aux aueugles les yeux,
Et iambe droicte aux boiteux,
Tout ainsi que faisoient les autres,
Qui estoient du temps des Apostres:
Si on veut la Mode imiter,

Il faut pour habits inuenter,
Se coiffer à la culebutte,
Releuer ses tetons en butte,
Encore qu'ils fussent pendans,
Ou par l'aage ou par accidens,
Que si l'on a les dents gastees,
Faut les pommades frequentees,
L'opiate, le romarin,
Que l'on trouue chez Tabarin,
Faire de la petite bouche,
Sçauoir friser à l'escarmouche,
Auoir la poincte sur le front,
Qui ne s'estonne d'vn affront,
Si par hazard quelqu'vn arriue,
L'emplastre paroistre excessiue,
Puisque l'artifice auiourd'huy,
A mu le naturel sous luy:
Faire des sourcils en arcade,
Les moustaches à l'estocade,
Et puis des yeux à l'assassin,
Pour faire naistre le destin,

Et pour prendre l'amonr par l'esle,
Mettre la mouche en sentinelle,
Sur vn teint poly & bien net,
Auoir gands à la Cadenet,
Ou à la Philis tant aymable,
Le mouchoir à la Conestable,
Et la chesne d'vn bleu mourant,
Qui tue le cœur de l'amant,
Des perles grosses à la Branthe,
D'vne blancheur tres-excellente,
A la Guimbarde le Collet,
De la vraye Croix au chapelet,
Du point couppé à la chemise,
Pour parer celle qui l'a mise,
Et pour plus grande gayeté,
La robbe à la commodité,
Si ce n'est que pour prendre l'aise,
On laisse en arriere la fraise,
Il faut sçauoir s'accommoder,
Aux saisons & leur commander:
En hiuer il faut la ratine,

En esté celle de la Chine,
Et le soulier à la Choisy,
De satin bleu ou cramoisy,
Auec les bas de fiamette,
L'or esmaillé à l'esguillette:
Apres il faut de la maison,
Retirer quelque salisson,
Pour en former vne seruante,
Qui fera de la suffisante,
Quand son collet sera bien mis,
Luy monstrer qui sont ses amis,
Qui sont esprouuez à la touche,
Qui grimasse fort de la bouche,
Et qui sçache pour tout discours
Redire cent fois tous les iours,
Asseurement en conscience,
Qui responde quand on la tance,
Et qui puisse dire il est vray,
Ma foy Madame ie le croy:
Bref se sera la Damoiselle,
Qui aura laué la vaisselle,

Plus faut vn carosse nouueau,
D'escarlatte ou de drap du sceau,
Auec le Cocher à moustache,
Orné de son petit pannache.
Laisser reposer le Velours,
Pour s'aller reposer en Cour:
Et pour le faire mieux paroistre,
Luy faut rehausser la fenestre,
Apres auoir tout, son galant,
Qui contreface le vaillant,
Enchor que iamais son espee
N'ait esté dans le sang trempée:
Et qu'il n'ait iamais veu sainct Iean,
La Rochelle ny Montauban;
S'il en discourt sont ses oreilles
Qui luy ont appris les merueilles:
Voila pour le vous faire court
La vraye Mode de la Court.

FIN.

www.ingramcontent.com/pod-product-compliance
Ingram Content Group UK Ltd.
Pitfield, Milton Keynes, MK11 3LW, UK
UKHW021208230726
13926UKWH00001B/387